# あざらしのひと

目次

Azarashi - no - hito

by

ASO Kamo

2021

# 勝手の人

緑色のジャージと茶色のジャージ。もちろん体の横には二本の白いライン。それが彼らの決まった服装だった。

数年前まで、うちの近所には昔ながらの自転車屋があって、天気のいい日には、ジャージを着た年配の男性が、いつも二人揃って店の前に置かれたパイプ椅子に腰を下ろして話し込んでいた。

「空気か？」

「はい。少し抜けちゃって」

「よし、入れてやるよ」

僕が近づくと二人はそう言って立ち上がる。

入れてやるよとはいうものの、コイン式の空気入れなので、お金は僕が払う。そこがどうも腑に落ちないまま、勢いに押されて自転車を渡すと、緑色がタイヤのバルブを緩めて針を差し込み、茶色が僕から受け取った百円玉を機械に入れる。プシュー。連携プレーなのだ。

「はい、終わり」

僕に自転車を返した二人は、そうして再びパイプ椅子に腰を下ろす。

ここではこの二人が空気を入れるのである。僕だけでなく子どもたちもお母さんも、こんなふうにして空気を入れてもらっている。

ところが、である。なんと二人は、この自転車屋で働いているわけじゃない。毎日勝手にやってきて、勝手に座って、勝手に客の自転車に空気を入れる人たち。勝手の人なのだ。

そういえば僕が小学生のころには、こういう勝手の人がたくさんいたように思う。子どもたちを相手に勝手に野球のコーチを始めるおじさんや、「草花を大切に」なんて看板を勝手につくって公共の花壇に置いていくおばさんなんかがいて、それはもうお節介この上ないし、ちょっぴり迷惑なのだけれども、それでもなんとなく周りからは受け入れられていたような気がする。

勝手の人は何も気負わない。ちょうどジャージを着ているときのように自然体で、あちらこちらの布がゆるく余っていて、どこかカッコが悪い。それが僕たちを呆れさせ、そして、ホッとさせる。

やがて自転車屋は店をたたんで、二人の姿も見かけなくなった。錆びたシャッターが降りた店の前を通りかかると、あの二人は今でもどこかで勝手に空気を入れているのだろうかと、ふと考える。

そして、ときどきは僕も心にジャージを着られているのだろうかと自問するのだ。

ピラミッドに雄と雌があることは古くから知られているが、見た目も大きさも殆ど変わらないため、これまでなかなか区別がつかなかった。だが、今回発表された研究結果によると、動きかたの一部に大きな差異があることが判明した。

　動けばすぐに区別がつくらしい。問題は、なかなか動かないことである。

# 先に決める人

長期間にわたる海外でのわりと大規模な仕事が終わって、なんとか無事に帰国したあと、それまでチームを率いていた偉い人が「なあ、打ち上げでは何を食べたい？」と、なぜか僕に聞いたのだった。

そのチームでは、僕一人だけがやけに若かったから、せっかくなら若者の意見を聞いてやろうという采配だったのかも知れない。

その僕はといえば、子どものころから、魚の煮付けやら、ゼンマイの佃煮やら、なまこの酢の物やら、椎茸の煮物やら、タコわさびやら、若竹煮やらという、田舎の居酒屋でお母さんが適当につくりましたよといった感じのものが好みで、つまり、いわゆる若者らしい食べ物をあまり好まない。

もしも本当に僕の食べたいものを言えば、おじさんが多めのチームとはいえ、やっぱりみんな困るにちがいない。

そこで僕もいちおうは気を遣って「和食です」と答えたのだった。和食という大きめのカテゴリーにしておけば、なんとでもなるはずだ。天ぷらだっておでんだって和食なのだから。

ところが僕の答えを聞いた偉い人はとても困った顔になって「うーん、和食で焼き肉かあ」と言ったのだった。

「え？　焼き肉ですか？」

「だって焼き肉だろう？」

これが先に決める人である。

世の中には、何かを始める前にすでに結果を決めているというタイプの人がいて、若者だから肉だろう、肉だから焼き肉だろうと彼の中では最初からもう決まっているのだ。

そこに和食だなんていう予想外の言葉を投げ込んでしまったものだから、偉い人も険しい顔つきになったのである。

先に決める人は僕たちに選択の余地を与えてくれないし、思った通りの結果にならないと不機嫌になることも多いから、なんとなく迷惑に感じることもある。でも、こうなるのだと先に決めて、周りを巻き込みながらまっすぐゴールへ向かう人がいなければ、たぶん僕はいつまで経っても迷い悩み、足を踏み出さないまま立ち止まることになる。

だから、先に決める人が近くにいてくれるのは、あんがい悪くないんじゃないかと僕は思っているし、あれくらい何でもズバッと決められたら気持ちがいいだろうなあという憧れさえある。

打ち上げは結局、鉄板焼きになった。和食で焼き肉。意地でも焼き肉。さすがだなと僕は思った。

# ニューヨーカー

横断歩道の向こう側におじいさんとおばあさんが並んで立っていた。おばあさんは横を向いて一生懸命に何かを話しかけていて、それなのにおじいさんは前を向いたまま適当に相槌を打っているだけだった。

突然、おばあさんが手を伸ばしておじいさんの手を握った。おじいさんは驚いたようにピクッとしたあと、おばあさんのほうに顔を向け、そして何かを呟いた。引っ込めようとするおじいさんの手を握ったまま、おばあさんは軽く首を左右に振ってから微笑む。握った手は離さなかった。

ちょっぴり強引に手を握ったおばあさんがとても可愛らしくて、ああ、この人はニューヨーカーだと僕は思った。

いや、よくは知らないんだけど、ニューヨーカーって人の目なんて気にもせず、自分のやりたいことを堂々とやる人たちって印象があるじゃないですか。ないですか。

僕たちはつい周りの目を過剰に意識してしまうけれども、実際には誰も僕のことなんて見ていないし、たいして気にもかけていない。

前髪の先がどっちを向いているかをいちいち気にして、ガラス張りのビルに映った自分の姿を眺めているのは自分だけだ。

だから僕たちはもっとニューヨーカーになったほうがいい。ものごとの基準は周りの人たちにではなく、自分自身の中にあるのだ。

信号はなかなか変わらなかった。

黄色い箱に目をやると「ボタンを押してください」の表示が出ている。なんと向こう側の二人はボタンを押していなかったのだ。手をつないだまま時間が流れるのに任せている。

慌ててボタンを押そうとして僕は手を止めた。もしかすると、これは少しでも長く手を握っていたいというニューヨーカーの狙いかも知れない。

そう考えるとうかつにボタンを押すわけにはいかないじゃないか。

しかたなくそのまま立っていると、ふいにおばあさんが真面目な顔に戻って、つないでいないほうの手でぐいっとボタンを押した。どうやら甘い時間は十分に堪能したらしい。

ああ、そうか。

もし僕がボタンを押して信号が変わっても、おばあさんは自分が満足するまでは、その場を動かなかったにちがいない。

だって彼女はニューヨーカーなのだから。

語源には雄と雌がある。雌の語源は、雄の語源が巣をつくり、せっせと言葉を集めてくるのを待ってから、最後に雄ごと食べてしまう。最近の研究によると、雌が雄をたべることで語源が混ざり合い、新しい語源が生まれることがわかってきた。なお、雌には鋭い牙と爪があるので、不用意に近づいてはいけない。

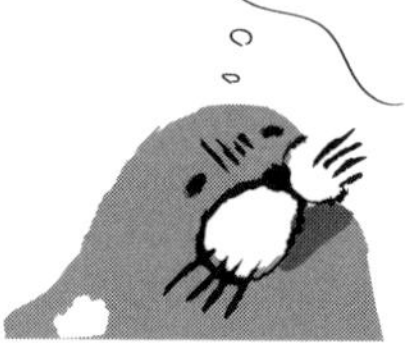

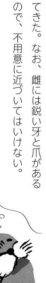

# ノッてる人

夜道を歩いていたら突然、背後から「あ〜」という叫び声が聞こえてきて、思わず背筋がビクッとなった。しかも、声はどんどん大きくなるから焦る。僕は飛び跳ねるように道の端へ体を寄せた。マンションの塀に背中をピタリと当てて、忍者と化した僕のすぐ横を通り過ぎたのは一台の自転車で、若い女性が乗っていた。そして「あ〜」という絶叫はそのまま「〜いしてる〜」と続いたのだった。

歌だった。自転車に乗った女性が大声で歌っていたのだ。とても気持ちよさそうで、もうノリノリなのだ。どうやら、あいしてるらしい。

これが、ノッてる人である。

ノッてる人は、深夜の自転車に限らない。電車の中でヘッドホンを耳に当てた高校生が、曲がサビに差し掛かったのか、急に膝を手で叩きながら、うっかり声を出したあと、恥ずかしそうに周囲を見回す。

何か嬉しいことがあると事務作業をしながら「♪ファイルをコピーしましょうか♪」なんてオリジナルの歌をつい歌って周囲から笑われる。

誰にでもこうした経験はあるはずだ。ふとしたはずみで、誰だってノってる人になるのだ。

ノッてる人は自分の世界に夢中で、周囲のことがまるで見えていないから、ときと場合によっては反感を買うかも知れない。何せノッてるのだ。無駄にノリノリなのだ。気分の落ち込んでいる人や具合の悪い人にしてみれば、そんなふうに浮かれている人が近くにいると、ちょっぴり腹立たしく感じるかも知れない。

でも、こんなふうについ歌ってしまうのはいいことだと僕は思う。

ともすればじっと気持ちを抑えてその場をやり過ごそうとする僕たちの口から歌は流れない。何かの拍子に歌ってしまうのは、そこに感情が動いている証拠だし、それに、何よりもノッてる人は楽しそうだ。

そりゃもちろん、背後から自転車に乗ったまま歌っている人が迫ってくるとかなりびっくりするし、深夜に酔っぱらいが大声で歌っているのは、正直に言えばうるさい。

でも、自由に歌を歌えない世の中は、きっとずいぶん息苦しいものになるだろう。だから周囲を気にせず、どんどんノッてる人になればいいと僕は思うのだ。どう？　みんなはノッてるかい？

# 漏れる人

旅先の土産物店でレジに並んでいたときのことだ。僕の前には年配の女性客がいて「ああ、そっちの二十個入りがよかったかしら、でも前田さんと吉村さんのところだし、やっぱり十個入りでいいわよね」などとブツブツ言っている。もちろんこれは独り言で、誰かに話しているわけではない。

そのうち「ねえ、これって甘いのかしらね」と、あまりにもはっきりと声に出したものだから、店員が「それほど甘くはありませんよ」と答えたら、女性は驚いたような顔をしている。

ああ、お母さん。お母さんは自分がずっと声を出していることに気づいていないらしい。

これが漏れる人である。

漏れる人は、娘が連れてきた恋人を前にして「ちょっとこの人、太り過ぎよね」と平気で口にするし、真面目な会議の途中に「ああ、疲れたなあ」なんてことをいきなり大声で言い出す。ふつうは思っても口にしないし、たとえ口にしても多少は気を遣った言いかたをするのに、漏れる人は気にしない。頭に浮かんだことがぜんぶ言葉になって口から漏れ出しているのに、そのことに気づかない。

レジで会計を終え、クレジットカードを取り出したお母さんは、店員から端末を渡された。

「こちらに暗証番号を入れてください」

「はいはい暗証番号ね。暗証番号は言わないのよ」

端末を受け取りながらもお母さんはずっとしゃべり続けている。そうして「暗証番号は、い、わ、な、い、のよ」と声に出しつつ、その声に合わせて指先でボタンを順に押していくのだ。

いやいや待て、待ってお母さん、それ、たぶん言ってるから。思い切り言ってるから。その言いかただと、どう考えても一〇七一か一八七一だから。とてもいい語呂合わせだとは思うけれど、それを声に出してしまったら意味がないからお母さん。

それでもお母さんは気にしない。この調子だと、きっと周りにはいろいろ迷惑している人もいるんだろうなあとは思う。

けれども、漏れる人から漏れ出す言葉は本音だ。そこには嘘がない。

いつも嘘や秘密でがんじがらめになって建前しか口にできない僕たちよりも、たぶんずっと自由なのだ。

僕はデタラメが書けるようになりたいのに、いつも最後は常識がジャマをする。

もちろんジャマをするのは常識の雄です。常識の雌は警戒心が強いので、最初から人間には近寄らないことで知られています。なお、ジャマにも雄と雌があり、常識の雄によるジャマの雄はかなり面倒で鬱陶しいです。

# 無名の人

今はコロナの影響で、中止や延期になっているものが多いけれども、世の中には、僕たちの予想を遥かに超えるほどたくさんの種類の見本市やカンファレンスが存在している。

僕は人の多い場所が苦手だから、その手の催し物にはあまり積極的には参加しないものの、それでも招かれたり誘われたりして、どうしても断り切れずに足を運ぶことが、たまにはある。

受付で名前と所属の記されたバッジを受け取り、首からぶら下げて会場をウロついていると、ふいに声をかけられ、ああ、どこかで見たことのある顔だ、いったい誰だっけ？　と一瞬考え込むことになるのだけれども、ここで、首からぶら下げたそのバッジが役に立つ。なにせバッジにぜんぶ書いてあるのだ。

もともと人の顔や名前を覚える気のない僕にとって「この人は誰だっけ？」と考えずにすむこの仕組みは、とても便利だ。ありがたい。

ところがである。ときどき、バッジをぶら下げていない人が現れるから困ることになる。

それが「無名の人」である。

「無名の人」の多くは、イベントの主催者やスポンサー、役所なんかの偉い人たちで、なぜか誰もが自分のことを知っていて当然という態度で登場するからなかなか厄介なのである。もちろん、その世界ではきっと有名な人なのだろうけれども、人の顔も名前もさっぱり覚える気のない僕にとっては、バッジをぶら下げていない時点で、単なる「無名の人」でしかない。

そういえば、イギリスの俳優ベネディクト・カンバーバッチが、とある映画祭に現れたときには、ちゃんとバッジをぶら下げていたどころか「カンバーバッチです」と挨拶までしたそうで、いや、知ってるわ！　さすがにあんたにはバッジ要らんやろ！　とツッコミたくもなるが、それにしてもベネ、いい子だな。バッジも下げず名前も教えてくれない「無名の人」には、ぜひ見習って欲しいと思う。

もちろん「無名の人」は、有名だから「無名の人」でいられるわけで、バッジを外せばすぐに本当の無名の人に戻る僕たちとは違って、彼らはバッジを外しても、無名には戻れない。

みんなが自分のことを知っている状況は、きっと楽なことだけでなく、気苦労だってたくさんあるのだろう。せめて自分を知らない人にはもうこれ以上は知られないままでいたいとバッジを外しているのかも知れない。

有名になりたいと願う人は多いけれど、好きなときにバッジを下げたり外したりできるくらいが、ちょうどいいんじゃないかなと僕は思うよ。

# 雑談の人

僕のように個人で広告をつくっていると、広告会社や代理店、ときにはクライアントの会議に呼ばれて、あれこれ気の利いたことを言うのも仕事のうちだから、本当は打ち合わせや会議なんて面倒くさいし苦手なのに、しかたなく参加することになる。

そうした会議にときどき紛れ込んでいるのが雑談の人である。

雑談の人は、意見を求められたわけでもないのに、急に思い出したかのように議題とはまるで関係ない話を始めて、会議をややこしくする。

さらに問題なのは、雑談の人の話はけっこう面白いことで、無関係の話題で場がどんどん盛り上がり、ただ時間だけが過ぎていくことになる。

急ぎの案件があって、その会議ですぐに結論を出したいと思っているメンバーにしてみれば、雑談の人はひたすら迷惑でしかない。司会者も困った顔をしつつ、でも、雑談の人はたいていちょっぴり立場が上だったりするものだから、止めることもできず、ノートにメモを取るふりなんかをして、やりすごすことになる。

ところで、みなさんがこれを読むときにはどうなっているのかわからないけれども、今はまだ新型コロナウイルス感染症拡大防止のために、できるだけ家にいようとされていて、会議もオンラインが中心になっている。

今、僕の参加しているオンライン会議の多くは、決められた時間にきっちりと始まって、あらかじめ設定された議題を話し終えたら、予定の時間にはちゃんと終わる。余計な時間は一切ない。

そこに雑談の人が入り込める隙間はないから、たぶん生産性は上がっているし、きちんと会議を進めたい人にとっては快適なのだろうと思う。

でも、やっぱり雑談の人がいてくれないと僕はどこか物足りなく感じてしまうのだ。

もちろん雑談だらけで会議そのものが中途半端になるのはよくないのだけれども、会議の後で「ほら、始まる前に話していたアレなんだけどさ」だとか「途中で話が変わっちゃったけど、あの件はね」なんてことから意外な企画が生まれることだってあるのだから。

役に立たないことこそが役に立つ。あまり長々と雑談だけを話されるのは面倒くさいので願い下げだけどね。

これは、好奇心いっぱいのスモークサーモンの子供たち。次々に焼き立てのバゲットへ乗ろうとしていますが、このままでは人間に食べられてしまいます。

　スモークサーモンの親がバゲットから子供たちを降ろし始めました。このようにスモークサーモンは雄雌がつがいで子供を守ることで知られています。

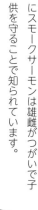

# のほう者

ランチを食べながらミーティングをしようということになった。

テーブルにつくとすぐに店員がやって来る。

「お飲み物のほうはどうされますか?」

僕はここでおやっと思う。どうやら奴がいるぞと思う。

やがて頼んだものがテーブルに届いた。

「こちら唐揚げのほうになります」

「シソとタラコのスパゲティのほうになります」

やっぱり奴がいた。

何にでも「のほう」をつける「のほう者」である。

ああ、勘違いをそのまま覚えてしまったアルバイト敬語なんだろうなあ
なんて思っていたら大間違い。会計になると「あ、今日のところは私のほ

うで払っておきます」だ。

ほらね、こっち側にだって「のほう者」は潜んでいるのですよ。気を抜けば奴はすぐに現れるのですよ。

言葉は使われているうちに変わるから、そういう意味では正しい言葉なんてものはないし、むしろ僕は言葉をどうおかしく使うかを日々考えている者だから、うるさいことを言う気はないけれど「のほう者」はわりと気になる。それは、彼らが面と向かったコミュニケーションを避けているように感じるからなのだ。

「のほう」は、ものごとを遠まわしにして、ぼかすときに使う言葉だから、必要もないのに「のほう者」が登場すると、いったいお前は何の責任から逃げようとしているのかと、その弱気さを不思議に思ってしまう。

ところがである。「のほう者」はみんな弱気かと思うとそうでもない。デザートを頼もうとしたら「プリンのほうがいい」、食後には「あっちの店のほうがよかった」なんて言うタイプ、これが「が」のつく「のほう者」、強気の「のほう者」である。

強気の「のほう者」は断言する。いちおう何かを比較しているようでいて、実はただ自分の主張を押しつけてくるだけだから、わりと面倒くさい。でも、ものごとをすぐに決めてくれるから、便利ではあるのだ。

人との距離感をつかむのが苦手という意味では、弱気のほうも強気のほうも似ているけれど、強気のほうが僕の性分のほうに合った「のほう者」のほうだと思っている。

# ギオン者

　とある企業から頼まれた案件があって、打ち合わせのために先方へ伺った。ピカピカのガラス張りビルは、ロビーが三階まで吹き抜けになっていて、おお、さすがは飛ぶ鳥を落とす勢いのＩＴ企業だなと感心する。

　会議が終わったあと「社員食堂で昼食はいかがでしょう」と誘われたので、僕はぜひぜひと答えた。

　エレベーターで目的の階に着いて、びっくりした。なんというか、ぜんぜん社員食堂じゃないのだ。僕の想像していた社員食堂とはまるでちがうのだ。いちおう食堂なんて古風な名前はついているものの、その実態はビルのワンフロアをぜんぶ使ったオシャレカフェというか、レストランというか、とにかくそういう場所で、メニューにだって、Ａ定食だのソフト麺のミートソース和えなんてものはなくて、何とか焼きの何とか添えだとか、生野菜のナントカーノなんてものが並んでいる。隅っこにはドリンクバーまであるし、もちろん高層階のピカピカガラス窓を通して東京の街並みが遠くまで眼下に広がっている。どうやら夜にはバーになるらしい。

世界よこれがＩＴ企業だ、なのである。ああ、僕もこういう食堂を見たことあるよテレビで、ええ。

席に着くと「こんにちは」と一人の女性が僕たちのテーブルへやってきた。社員の人は顔なじみらしく「あ、どうも」なんて答えている。

彼女は消毒液の入った霧吹きと布巾を手にしていた。毎回こうしてテーブルをきれいにするのだろう。やっぱりさすがのＩＴ企業である。

「シュッ、シュッ」彼女はそう言って霧を吹いたあと「はい、キュキュッとね」と声に出しながらテーブルの水滴を拭き取った。

「おまたせ」それから僕たちに向かってたっぷりと頷いて、テーブルを拭く間、脇に避けてあった調味料を元の位置に戻した。

「はい、ポン、ポンっと」調味料を置くのに合わせてそう言う。まちがいなく「ギオン者」だった。はい、京都の祇園は関係ありません。自分の行動になぜかいちいち擬音をつけるのが「ギオン者」である。彼らは電化製品のボタンを押すときに「ピッ」、如雨露《じょうろ》で花に水をやるときに「ジャー」、棚からタオルを取り出すときに「サッ」などと、知らず識らずのうちに擬音を声に出すのだ。

慣れないうちは、いきなり擬音を声に出されると驚くし、つい笑いそうになるかも知れない。けれども「ギオン者」は、自分の行動に集中しているだけなのだ。自分自身が次にどう動くのか、このあと何をするかが明確にわかっている。いつも周りの人に流されて、うっかり適当に行動したあとで自分の動きに気づいてがっかりしている僕とは大違いなのである。

そう、どうせ口に出すのなら、後悔の溜息なんかよりも楽しそうな擬音にしたいよね。

大阪のオバチャンには二種類ある。
ヒョウ柄とヘビ柄とスパンコール。

# たんと者《しゃ》

ドラマなどでもときどきそういうシーンがあるけれど、広告の撮影現場にクライアントがやって来るとなると、そりゃもう大騒ぎになるわけです。広告会社の営業担当者は「宣伝部長のお弁当は魚がいいだろうか、肉だろうか、先週、中華街の話をしていたから中華にするか。いや待てお寿司かも」と無駄に気を揉んでいる。

サラダのドレッシングも念のために何種類か用意していたら
「ちょっとそれ、瓶に入ってるじゃないか。ダメだよ、瓶はダメ！」

「なんで瓶がダメなんですか？」

「部長の奥様がいま韓流ドラマにハマっていて、ヒョンビンに夢中なのがお気に召していないんだ。ビンってつくものはぜったいにダメだから」

なんてことを本気で言い出しかねないから、もはやコントの世界である。

クライアントから「あれはないのか？」と言われたときに「もちろんあります」と答えられるために何もかもを事前に用意しておく。その気の遣いかたは尋常じゃない。

日本では売られていない種類の炭酸飲料を飲みたいと言われたら、そのまま空港から香港へ飛んで密輸して来てもおかしくないのだ。

現場を担当する下請けの僕にしてみれば、そっちではなく、ものづくりの中身にもっとお金を使って欲しいと思うんだけど、やっぱりクライアントが優先される。そりゃまあそうだ。

日々、そんなクライアントの細かく無茶な要望にあれこれ応えるため、事前の準備を徹底している担当者は、それがすっかり習慣になっているから、いっしょに居酒屋へ行こうものならおおごとになる。

四人しかいないのに、

「唐揚げを五人前、焼き鳥を五人前、シシャモは、うーん六人前、それと餃子は人数ぶん……いや、やっぱり五人前で」

と、やたらめったら過剰発注するのだ。しかもどう考えてもおかしな量を頼むものだから、残すのが苦手な僕としては冷や冷やすることになる。

でも「あれはないのか？」が許されない彼らにとって、それは当然のことなのだ。それこそが彼らにとっての最大のサービスなのだ。その場にいる人がとにかく満足するようにと考え、自然にそう振る舞うのだろう。

彼らは担当者ではなく「たんと者《しゃ》」なのである。昔話に出てくるおばあさんが「たんとおあがり」というあれなのである。

僕としては、食べ物が余ったり残ったりするのはあまり好きじゃないのだけれども、残りものは若くてお金のないスタッフたちが持ち帰ることになるから、まあ、それも悪くはないかなあと思うことにしている。

# エコーの人

世の中には、相手の言ったことをそっくりそのまま口に出す人たちがいる。「あの山の上にはお寺があるんですよ」と言えば「あの山の上にはお寺があるんですね」と答えるし、「この団子、原材料は鶏肉なんだよ」と言えば「この団子、原材料は鶏肉なんですか」と、ただ同じことを繰り返すのだ。彼らは、おいちょっと待て、それって今僕が言ったことじゃないかと即ツッコミたくなるほど見事なオウム返しをするのである。

僕は心理学の専門家ではないから本当かどうかは知らないけれども、人間は相手が自分と同じポーズをとったり、同じ言葉を繰り返したりすると、その相手のことを身近な存在だと感じるらしくて、だからビジネスの現場では、わざとそうするように研修で教えているところもあるらしい。この心理状態がいわゆるオームの法則である。嘘です。ごめん。

さて、このオウム返しをする人たちの中には、さらに特殊なタイプが紛れ込んでいる。この特殊なタイプの人はすべてを単純に繰り返したりはしない。「あの山の上にはお寺があるんですよ」と言えば「お寺が」と答え「この団子、原材料は鶏肉なんだよ」と言えば「鶏肉」と答える。相手の言葉の一部だけを復唱するのだ。同意しているのか、感心しているのか、はたまた疑問に思っているのかもわからない謎の復唱をするのだ。

この手の人に会うたびに、僕は小学校の卒業式を思い出す。

「楽しかったキャンプファイヤー」

「キャンプファイヤー！」

「みんなでがんばった運動会」

「運動会！」

なぜか全員で声を揃えて言う、あれです。

会話をしているときに相槌がまるでないのは寂しいけれども、自分の言ったことをそっくりそのままオウム返しされると、ちょっぴり馬鹿にされているような気もするし、なんだか鬱陶しい。

でも、単語の一部だけを繰り返されるのは、ちゃんと聞いていますよという合図のようで、なんとなく会話のリズムが整うような気もする。

そういう意味では一部だけを繰り返す人たちは、音楽でいうところのエコーなのかも知れない。歌の終わりに、あるいはサビのロング・トーンに、タイミングよくかかって僕たちを心地よくさせてくれるあのエコー。

きっと彼らはエコーの人なのだ。

僕は上手く相槌を打つのが苦手なので、ときどきエコーの人になるのは、案外いい方法かも知れないな。

イブプロフェンには雌と雄がある。雌のイブプロフェンはイブ、オスのイブプロフェンはアダムと呼ばれている。

なお、まぜるなキケン！　かどうかは、今後の研究課題とされている。

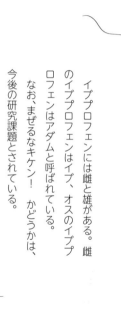

# 忍者の人

テレビ会議なんて、SF映画やスパイドラマの中に登場する最新技術って感じだったのに、ここ数ヶ月の間にあっという間に広まって、今ではずいぶん多くの人が利用している。

なにせ移動する必要がないから時間も体力も使わずに済むわけで、これまでそこにどれほど時間と労力を使っていたかに気づくと、もう元には戻れないんじゃないかとさえ思う。

ところで先日、オンライン会議の途中でちょっとしたハプニングがあった。参加者の一人が発言をしながら大きく手を振ったところ、どうやら机の上に置かれたマグカップに手が当たってコーヒーが零《こぼ》れたらしく、彼は「うげえっ！」と奇声をあげて画面いっぱいのアップになったあと、そのまま画面が真っ黒になってしまったのだ。

一瞬にして会議の場から消え去った、その消えっぷりたるや、まるで手品師のようだった。

オンライン会議にはこうした手品師がときどき現れる。いや「現れる」のではなく、文字通り「消える」と言うのが正しいのかも知れない。

コーヒーをこぼす以外に、何かの書類を表示しようとして、あるいはマイクのオンオフを切り替えようとして、ときにはこっそり別の作業をしようとして、彼らは次々に消えていく。

だが、手品師ではまだ甘い。彼らを遥かに超える消えかたを見せる者がいるのだ。それが忍者の人である。

忍者の人はしっかり画面に写っているのにもかかわらず、存在感がまるでないのがすごい。

デジタルとは残酷なもので、これまでのリアルな会議であれば、ほんのわずかに体を動かしたり、腕を組んだり、咳払いをしたりして、なんとなく存在感を発揮できていたのに、オンラインではそうした気配がまるで伝わらないから、特に発言もせず、ただそこにいるだけで参加している雰囲気を醸し出していた忍者の人たちは、今や、そこにいるのにいないという忍法雲隠れの術を身につけてしまったのである。

忍者の人はまるで気配がないから、会議に出ていなくてもバレないし、途中で消えても誰も気にしない。

できれば僕もその忍法を身につけて、つまらない会議からはドロンと消え去ってしまいたいんだよなあ。

# あざらしのひと

以前、僕の仕事場は都心にあって、周辺にはコンビニエンスストアがいくつも店を構えているから、ちょっとした買い物に困ることはなかった。いや、ちょっとした買い物に困らないどころか、仕事に行き詰まるとついコンビニへ行って必要もないのにあれこれ買ってしまうから、むしろお財布は困っていたのかも知れず、良いのか悪いのかはどうもよくわからない。それはともかく、僕は近所のコンビニへよく行っていたのだ。

別にこの都心の店に限った話ではないけれども、コンビニで使われる言葉は独特だ。若い店員たちが口の中でモゴモゴと発音する専門用語は、初めは何と言っているのかがわからず戸惑うものの、すぐに慣れるし、聞き取れるようになる。シャッセン、ラシャセ、アッシター、ハッシイウスカは、それぞれスミマセン、イラッシャイマセ、アリガトウゴザイマシタ、箸い

ります か？　だ。

その日、店に入った僕はいきなり「あざらし」と言われた。言ったのは若い女性の店員で、たぶん他の国から日本へやってきて、コンビニでアルバイトをしているのだろうと思われる。ともすれば無表情になりがちな店員が多い中、彼女はニコニコと笑って「あざらし」と言う。

店に客が入ってくると「あざらし」、レジに商品を置くと「あざらし」、買い物を終えて出て行く客にも「あざらし」。いったい何の省略形なのかまったくわからないが、とにかく「あざらし」は、彼女にとっては何にでも使える言葉らしいのだ。

いいじゃないか、と僕は思った。決まり切ったマニュアルの言葉だけを口にするのではなく、自分でもお客さんに挨拶をしたいと、きっと先輩たちの話し方を見よう見まねで真似したのだろう。そして、うっかり何かが混ざったまま「あざらし」という言葉を覚えたのだろう。

ただ働いてお金をもらうのではなく、もう少しだけコミュニケーションを深めたい。その思いが、彼女を「あざらしのひと」にしているのだ。

そんな彼女たちに「ちゃんとした日本語を話せ」と威張るおじさんたちがいる。早口で雑に伝えたタバコの銘柄を聞き取れなかっただけで「国へ帰れ」なんていう人たちがいる。

冗談じゃない。言葉も文化も違う国で、あんなに複雑なコンビニの仕事をこなしているのだ。笑顔とともに声に出される「あざらし」は、ちゃんとした日本語だ。少なくともむやみに威張り散らすおじさんたちのダミ声よりも、わざと聞き取れないように伝えられるタバコの銘柄なんかよりも、あざらしの人の言葉は、よっぽど僕に届いているのだから。

（追記）さっき久しぶりにそのコンビニへ行ったら、挨拶が「あざらし」から「たいらーす」に変わっていた。もちろん意味はわからない。

おじいさんには四種類ある。若い男のおじいさん、若い女のおじいさん、年配男性のおじいさん、年配女性のおじいさん、そして男児のおじいさんと女児のおじいさん。どの組み合わせも混ぜると発光するので、暗いときには便利である。

　ちなみに、おじいさんを混ぜると発光することを見つけたのはエジソン。

# 好きに使う人

さすがにＧＩＮＺＡの読者で知っている人は少ないと思うけれど、男性の海外旅行用秘密兵器の一つに、シークレットベルトというものがある。これ、見た目はふつうのベルトなのに内側というか、お腹側に切れ目が入っていて、そこへ三つ折りにしたお金を隠しておけるという、画期的なのか余計なお世話なのか、いまいちよくわからない秘密兵器で、そして、僕はこの秘密兵器を身につけたおじさんに会ったことがあるのだ。

このおじさん、買い物をして受け取った領収証やカードの控えはベルトの中へいそいそとしまい込むのに、なぜか現金やクレジットカードは自由に盗ってくださいとばかりに、透明のジップロック袋にむき出しのまま入れて手に持っているから、なんとも危なっかしくてしかたがない。

でも、おじさんは「こうするのが一番便利なんやで」と関西弁で嬉しそうに言うのだ。どうも僕にはベルトもジップロックも使い方を間違っているように思えるのだけれど、おじさんにしてみれば、きっとそれが正しい使い方なのだろう。

そう、本当はものの使い方は使う人が自分で自由に決めればいいことなのだ。人に迷惑がかからないのなら、何だって好きに使えばいいのだ。

それなのに僕は正しい使い方を気にしてしまう。年齢や性別や使用目的で細かくわけられた商品の棚の前で、自分の使いたいものではなく、自分の使うべきものを探しながら僕は戸惑っている。

自分で使い方や答えを考えるのではなく、あらかじめ誰かが用意した使い方や答えを探しているのだ。

たぶん、秘密兵器を好きに使うおじさんは、最初から正しい使い方などに興味がない。

「これはこんなふうに使ったらええやんか」という使い方のイメージだけ

が先にある。

正しい使い方から逃げられないうちは、たぶん正しい生き方からも逃げられない。

目の前にあるものをどう使おうかと自由に考える人、好きなように使う人は、きっと生き方や暮らし方も自由なんだろうなと、おじさんを見ているうちに、僕はそう思ったし、そうなりたいなとも思った。

でも、例のベルトを「男性の海外旅行用」なんて言っている時点で、僕はまだまだダメなんだよなあ。

# 未来の人

カフェで注文したあと「カプチーノでよろしかったですか?」と聞かれることがある。もちろんそれはカフェに限ったことじゃない。

「レジ袋はよろしかったでしょうか?」

「一万円からでよろしかったですか?」

と、過去形で聞かれるたびに僕は戸惑い「どうして〝よろしい〟ではなく〝よろしかった〟なのだろう?」と、疑問に思う。

「よろしいですか?」という質問には「よろしくありません」とふつうに答えられるのに、なぜか「よろしかったですか?」と過去形で聞かれると、「よろしくありませんでした」とは答えづらい。なんだかとっくに終わった話を、わざわざ僕が蒸し返すような気がしてしまうのだ。

ここでは地名は挙げないけれども、以前、某地方の役所へ電話をかけて驚いたことがあった。

「はい、某山形県警でした」

「もしもし、某山形市役所でした」

と、電話がつながったとたん、いきなり「でした」と言われたのだ。

「市役所です」ではなく「市役所でした」なのだ。

これは某山形地方特有の言い方らしいのだけれど、もうそこで話が終わったみたいで、びっくりする。びっくりしたついでに、自分でも試しに過去形であれこれ言ってみたのだけれども、慣れないせいか、どうもしっくりこない。

そこで、こんなふうに過去形を使う「かった人」や「でした人」は、たぶん未来に生きている「未来の人」なのだと思うことにした。

「未来の人」は物事を現在進行形ではなく、すべてが問題なく上手くいった状態で話している。

ふだん僕たちは、まず相手との距離を図り、関係性を築き、少しずつ歩み寄る。

でも「未来の人」はちがう。彼らが過去形を使うとき、その頭の中には、もうすでに相手との関係が出来上がったあとの、ほんの少し未来の状態がイメージされているのだ。

「ナポリタンでよろしかったですか？」と聞くのは質問ではない。それはもうとっくに決まった事実の確認なのである。

「市役所でした」と答えるのは「あなたはちゃんと市役所に電話をかけられました。問題なくつながりました」という状態を教えてくれているのだ。

上手くいった状態を思い浮かべているからこそ「未来の人」は過去形を使うのだろう。

もし僕が「未来の人」だとしたら、尋ねることは一つだけだ。

「こんな原稿でよろしかったでしょうか？」

こちらが、産卵期を迎えた雌のコーヒーです。このように雌は互いに身を寄せあって産卵します。その外側を雄のコーヒーたちが何かを警戒するように取り囲んでいます。産卵期のコーヒーはカップに狙われることが多いため、雄が守るのです。ああ、今、一杯の雄がカップに注がれました。犠牲になったのです。

# バットマン

雨の日になると、いろいろなところで見かけるのがバットマンである。駅のホームやコンコースで、ホテルのエントランスなどの外によくある垣根の通路で、広めのエレベータホールで、あるいは信号待ちの交差点で。

雨が降っているときには現れないが、ふっと雨がやんだり、雨に濡れない場所にいたりすれば、僕たちは、彼らが自分の存在をアピールする場に出くわすことになる。

両手を揃えて柄のあたりをキュッと握り、バットマンはゆっくりと傘を肩に乗せてから静かに前方へ振り始める。

その視線は遙か彼方、誰にも見えない空想のバックスクリーンを見つめている。何が見えたのかはわからないが、中には小声で「ヨシ！」なんて言うバットマンもいる。

いや、ちょっと待て。「ヨシ！」じゃない。というか、いったい何を見て「ヨシ！」なんだよ。謎すぎるよ。

雨の日に現れるのはバットマンだけではない。お馴染みのクラブマンだって次々にやってくる。クラブマンはバットマンとは逆に、傘の先端を両手で握って、柄が地面すれすれを通るように傘を振る。揃えた両膝を軽く曲げ、フンフと鼻息でリズムをとりながら傘を振ってみせる。

「おっ、いまのはナイスバーディっすね」

「これはね、膝がポイントなんだよ。ほら、いいかね」

クラブマンの手下が余計なことを言おうものなら、得意げな顔つきになって、その場でちょっとしたレクチャーさえ始めてしまう勢いなのだ。

雨の日には、こんなふうにバットマンやクラブマンがわかりやすく目に入ってくる。当然、周りからはちょっぴり白い目で見られているのだけれども、彼らはまるで気づいていない。

いや、気づかないからこそバットマンやクラブマンでいられるのだろう。

でも、それは彼らだけではない。僕たちはみんな何かに夢中になると、周りが見えなくなりがちだ。

だから、もしかしたら僕だって、自分では気づかないうちに、どこかで何かのバットマンになっているのかも知れない。

ともかく雨の日のバットマンは、折りたたみ式のこうもり傘を持ち歩いて、使わないときには鞄に傘をしまえばいいんじゃないかなと思った。

ええ。「バットマンだけにこうもり傘」って言いたかったの。ごめん。

# そっと置く人

コンビニや郵便局などで公共料金を支払うとき、なぜか収納印を高い位置から叩きつけるように押す店員がときどきいて、これって、ゆっくり押したほうがインクはかすれずに済むんじゃないだろうかと密かに思いながら僕は見ている。

最近は鉄道の改札でＩＣカードやスマホをキップ代わりに使う機会が増えているけれども、これまたなぜかスマホを機械に叩きつけるようにして通っていく人たちがいる。

仕組みを考えれば叩きつけるどころか、ただ上にかざすだけでもいいはずで、なぜ叩きつけるのだろうといつも不思議に思っているのに、ふと気づけば僕自身も、やっぱりパチンと音が鳴るくらいの勢いでＩＣカードを機械に当てている。

どうやら僕たちはいつも力が入りすぎているようだ。

動き始めるときには「よし！」といちいち声に出して気合いを入れないとダメだし、バンバンと音を立てて書類をまとめないと、なんだか仕事をやった気にもなれない。

大人になるにつれて、毎日無駄に戦うようになった僕たちは、いつのまにか全身に力を入れることが癖になっていて、上手に力を抜く方法を忘れてしまったのだ。

けれども、その一方で世の中には「そっと置く人」たちもいて、彼らは何かを躊躇《ためら》っているかのようにカードをおそるおそる機械にかざし、ハンコは紙の上にただ乗せるだけですまし、自動販売機やエレベーターのボタンだってゆっくり押す。

たいていは一度で上手くいかず、出したり引っ込めたり押し直したりするものだから、「そっと置く人」を端《はた》で見ているこちらはちょっぴりイライラさせられるし、早くしてくれよと文句の一つも言いたくなる。

でも、必要なだけの力しか使わない彼らのほうが、無駄に力を入れすぎて疲れきっている僕たちなんかよりも、本当はよっぽど自然なのだ。

自分の体や気持ちに力が入りすぎているんじゃないかと感じたら、たとえば書類を置くときに、たとえば改札を通るときに、意識して「そっと置く人」になってみるのはどうだろう。

もしかすると、必要以上に入りすぎていた肩の力がふっと抜けて、ずいぶん楽になれるかも知れない。

産卵期が近い雌のコーヒーの中には、飲み物から食べ物へと変化した個体が紛れ込んでいる場合があるので、飲む前に雄雌を見わけることと、雌の場合には本当に飲み物なのかを確認することが求められます。

# 受け継ぐ人

同じ顔ぶれで雑談をしていると、いつのまにか話の中心になる人がいる。もちろんそういう人は話し方も上手だし、話す内容だって面白いから、僕もみんなといっしょに笑いながら聞いているのだけれども、どうしていつもこの人が話の中心になるのだろうと不思議に思っていた。

「この間バーベキューをやったんだ」

「そうなんだ。私もバーベキューやったよ。で、そのときにさあ」だとか

「オレこんど、テナーサックスの練習を始めようと思っているんだ」

「サックスかあ。そういえば、サックスブルーって上品な色だよね。私も一枚サックスブルーのシャツを持ってるけどね」

なんて具合に、ほかの人の話に相槌を打っているうちに、どうかすると、

スッとその人の話になっているのだ。

これが「受け継ぐ人」である。

受け継ぐ人は、どんな話題であっても自分の話につないでいく。その受け継ぎテクニックは、もう本当にお見事で、僕なんかはもともと自分が話していたということも忘れて、最初からその人が話していたんじゃないかと思ってしまうくらいだ。

でもたぶん、受け継ぐ人自身は何の意識もしていない。ただ自然に話を受け継いでいるだけなのだろう。

もちろん、せっかく自分が話そうとしていたのに、受け継ぐ人に話題を持って行かれてしまったと怒ったり拗ねたりする人はいるし、同じ場所に受け継ぐ人が二人いると、それぞれが自分の話につなごうとするから、ちょっと話題が混乱気味になることもある。

それでも、僕のように同じことをいつまでもグルグルと考え続けるタイプの人間にとっては、受け継ぐ人がいてくれると話がどんどん別の方向につながっていくから面白いのだ。

それは電車のターミナル駅のようなものなのかも知れない。あらゆる話題はその人を経由して、新たに進む方向が決まり、次の話題へつながっていく。

ただ、問題が一つだけあって、受け継ぐ人ってどんな話題を受け継いでも、結局最後はいつも同じ話になることが多いんだよなあ。

# 褒める人

かつて住んでいた家の隣には食料雑貨店があって、牛乳が切れただのトイレットペーパーが尽きそうだなんてことになると、そこに駆け込むから、店のおじいさんとは顔見知りになっていた。

このおじいさんがなかなかの曲者で、僕が棚の菓子パンを指さして「このパン、甘いんですか?」だとか、煎餅に目をやって「これ、中は個別包装ですか?」なんて気軽に尋ねると、じっと商品を見て「うーん、それはねぇ」と言い、そこで言葉を切る。切ったまましばらく黙り込む。

そうして、おじいさんは堂々と言う。

「味はいいです」

僕はいつもこの答えに噴き出しそうになっていた。いや、それじゃ答えになってませんから。でも、おじいさんは「味はいいです」としか言わない。

どう見ても商品について詳しくは知らなそうで、それなのに何を聞いても「味はいい」と答えるからすごいし「味は」の「は」ってところも微妙に気になるけれども、とにかく「味はいいです」とだけ答えるのだ。

結局のところ、質問にちゃんと答えているように見えて、実際にはまるで何も答えていない。おじいさんは、たぶん褒める人なのだ。

褒める人は何でも褒める。美しい風景に出会った旅人のように、目の前にあるものをただ褒める。だから何かを尋ねても参考にはならないし、うかつに意見を聞けば、間違いや失敗の元にだってなりそうだ。

一方、僕たちの多くは褒める人じゃないから、良いところも悪いところも伝えようとする。いや、むしろあとから文句を言われないために、悪いところを探しがちだ。

褒めるよりも粗探しのほうが簡単で、そうやって、取るに足らない悪い面をわざわざ探して伝えることで、僕たちはものごとを少しずつ、つまらなくしているのかも知れない。

そう考えると、褒める人のほうが周りをハッピーにしているんじゃないだろうか。褒められた側は悪い気はしないだろうし「味はいい」と言われた僕は、とりあえず買って試すよりほかない。

まんまと買わされたと思いながらも、誰かが褒めているものを手にとるのは、やっぱり楽しいことなのだ。

イブプロフェンには雄と雌があるが、その殆どは雌であることはよく知られている。なお、雄のイブプロフェンは専門家の間ではアダムプロフェンと呼ばれており、中でも野生のアダムプロフェンは、新月の夜にしか姿を見せない上、暗闇の中を素早く動き回るため、捕獲するには熟練した技術が必要とされる。

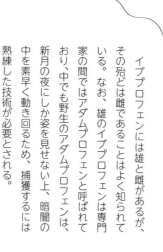

# エキサイター

レコーディングに使われる音響機材にエキサイターというものがある。ほかの音に埋もれて聞こえづらくなってしまったボーカルやギターの音色をちょっぴり派手にして、目立たせるために使われるものだ。

実は人間にも、これと同じような能力を持つ人がいるんじゃないかと僕は密かに考えている。どんなに小さなできごとも彼らを通せばやたらと大きな事件に変わってしまうのだ。

「ねぇ、知ってる？　ここだけの話なんだけど」

そう前置きをつけて話されることのほとんどは、たいていの場合、そう言った本人があちらこちらで広めているから、ここだけの話はすぐにどこでもの話になる。

しかも、ここだけだったはずの話をほかの場所で聞くと、ここで聞いた話と何かがちがっている。いつのまにか話に尾ひれがついているのだ。

いや、尾ひれがつくのならまだいい。ときには尾ひれしかないところに魚がつくられ、ひどい場合には水もない場所に魚の群れが泳ぎ始めている。

埋もれた音を目立たせるだけでなく、存在しない音まで生み出すのだから、同じエキサイターでも人間のほうが音響機材より高性能なのです。

犬のフンが落ちていれば地球環境が汚染された話になるし、季節外れの格好をした人がいれば異世界から現れたエイリアンのごとく扱われる。

エキサイターの話は、もちろん大げさで、話半分に聞いたほうがいいし、うんざりさせられることも多い。

それでもエキサイターはいつも楽しそうだし、あらゆることをエンタメとして楽しんでいるように見える。

町内会の張り紙を目にしても僕は中身をさっぱり忘れているのに、それを大事件として教えてくれるから、赤い羽根の募金だって忘れずにすむ。

エキサイターがいなければ、ものごとのほとんどは、誰にも気づかれないまま消えていくのかも知れない。

彼らの口にする「ねぇ、知ってる?」は、無味乾燥な報告や連絡に囲まれがちな僕たちの日常に刺激を与えてくれるきっかけのセリフなのだ。

ねぇ、知ってる?　ここだけの話なんだけど、じつはエキサイターたちは、僕らに魔法の呪文を唱えてくれているんだよ。

# おさない人

新しいオフィスビルや大型のショッピングモールで、僕はしょっちゅう困惑している。原因はエレベーターだ。

無駄に広いホールにはいくつもの扉が、ときには向かい合わせになって並んでいるから、どこで待てばいいのかよくわからないし、建物によっては目的階ごとに乗るエレベーターが異なることもあるから、僕としては、もう困惑するほかない。

とりあえず、どの扉が開いてもすぐに乗れるようにと、なんとなく真ん中あたりにぼんやり立って、エレベーターの到着を待つのだけれど、ピンという電子的なチャイムは、いつもなぜか必ず僕から一番遠いところで鳴るから不思議でならない。

エレベーターの到着にハッと気づき、慌てて駆け寄る僕の目の前で、扉は無情にも閉じられていく。そして、たいていの場合、わずかに残された扉の隙間の向こう側で、大きく目を見開いた人が呆然と僕を見ている。

この、扉の向こう側で呆然と立ち尽くしているのが「おさない人」である。すかさず「開」ボタンを押してくれたらいいのに「おさない人」は押さない。扉が閉まっていくのをただ見ているだけなのだ。自然に流されるまま、抵抗することもなく、すべてを受け入れる懐の深さよ。

その一方「おす人」もいる。「おす人」は、素早く動いてギリギリのところで「開」ボタンを押してくれる。だからといって安心してはいけない。「おす人」は、まだ僕が扉に向かって歩いているのに「閉」ボタンを押すことがあるのだ。素早く「開」を押す人は素早く「閉」を押す人でもあるから、気は抜けないのだ。

「おす人」はとにかく押す。しかも何度も押す。電気的な仕組みを考えれば一度押せばそれでいいのに、なぜかカチカチ何度も押す。

世界をそのまま受け入れる「おさない人」と、強い意志で世界をコントロールしようとする「おす人」。そのどちらがいいのかは、僕にもなかなか判断がつかないけれど、その時々で、自分の中の「おさない人」と「おす人」を上手く使いわけることができれば、僕はそれでいいかなあ。

バッハには二種類ある。
黒バッハ（大）、白バッハ（大）、
黒バッハ（中）、白バッハ（グラス）、
そして、生バッハ（にごり）だ。

# ミス・ダブル

「よし、いいタイミングだぞ!」と、せっかくカメラの録画ボタンを押したのに、実はそれまでずっと録画されていたことに気づかず、ボタンを押したとたんに撮影が止まったという恐ろしい状況に陥《おちい》ることがある。

これを専門的には「逆スイッチ」と呼ぶ。たぶん仕事で映像に関わっている人なら、一度や二度は経験があることで、気づいた瞬間、全身の毛が逆立つような気がする。特にやり直しのきかないドキュメンタリーの撮影で逆スイッチをやってしまえば、おしまいだ。カメラマンはしばらく落ち込むことになる。怒鳴られたり叱られたりすることもあるだろう。

どうやっても取り返しのつかないミスだから本当に凹《へこ》むけれど、今さらどうしようもない。できることと言えば、せめて次からは同じミスが起こらないようスタッフ全員で気をつけるくらいだ。

ところが、世の中には取り返しのつかないことを平然と取り返してしまう人がいる。それがミス・ダブルである。

ミス・ダブルは、失敗を二回重ねて元に戻してしまう。ミスがなかったことになるどころか、なぜかちゃんと結果を出すことさえあるのだ。

逆スイッチを間違えれば正しいスイッチになる。

絶対に社外の人に見せてはいけないファイルを、うっかりメールに添付して送信してしまったのに、送る宛先を間違えて社内の人に送っていた。

本当は砂糖を使うべき料理に、勘違いをして塩を入れてしまったのに、そもそも砂糖の容器と塩の容器を取り違えていたので、結果的にちゃんと砂糖が入った。

ミス・ダブルはそういう謎の幸運を持っているのである。

しかも、本人は失敗したことにまるで気づいていない。周りの人はヒヤヒヤしているのに、本人は最初から予定していたように、ものごとを上手く片づけていくのだ。

ミス・ダブルのすごさは自分のミスに気づかないことなのだ。気づかなければどんなに大きなミスだってミスじゃないまま平然としていられる。自分のやり方ですべて上手くいっていると無邪気に信じているから、何をするにも躊躇《ためら》いがないし、リスクを避けようとして余計な行動をとることもない。だからこそ上手くいくのだろう。

いつだって僕たちは、ミスをしないようにとあれこれ準備をして、やっぱりミスをして落ち込んでいる。

もしかすると、ミス・ダブルのように、ミスなんて起きないと思い込んでいるほうが、案外ものごとは上手く進むのかも知れない。

# 激しくブレる人

僕がときおり足を運ぶ担々麺の専門店があって、これがもう何というかとにかくすごい店なのだ。

メニューはふつうと辛めの二種類だけ。あとは麺を大盛りにするかどうかの選択肢しかないシンプルさで、一人きりで店を回している七十近い店主は話し方から察するに、たぶん若いころに中国からやってきた人なのだろうと思う。

客がいないときには、場合によっては客がいるときにも、店主は隅っこの客席に座って天井近くに取り付けられたテレビを観ている。

この店のすごさは、専門店なのに毎回のように味が大きく変わることで、それもわざと変えているわけではなく、ただ味が安定しないだけだというから驚く。

だから、一度ここで食べて、担々麺ってこんなに美味しいものだったのかと感心した人が再び訪れると、あれ、本当にこの店だっけと首を傾げることにもなるし、もちろん初めて訪れた人がハズレを口にすれば、もう二度とやって来ることはない。

毎日同じ材料を使って、毎日同じ人がつくって、しかもこれだけ単純なメニューなのに、ここまで味がブレるのは謎だし、どういう仕組みでそうなってしまうのか、僕は本気で知りたい。いったい何年専門店をやってるんだとツッコミたくもなるが、なぜこれほど味がブレるのかは、どうやら店主にも理由がわかっていないらしい。

この店と同じように、世の中には激しくブレる人がいて、職場であれスポーツであれ、そういう人はチームのメンバーとしてはあまり歓迎されないことになっている。

ともすれば僕たちは平均点を目指しがちだし、当たりを出すよりもハズレを出さないことに気を遣うのに、激しくブレる人はハズレを恐れないから、いっしょに何かをすると足を引っ張られそうで怖いのだ。

それでも、たぶん世の中を大きく動かしてきたのは、平均点を狙い続ける僕たちではなく、彼らのように激しくブレる存在なのだろうと思う。

彼らがいるからこそ、世間がびっくりするような画期的なものごとがときどき生まれてくるのだ。

だから、いずれは僕もあの店で、びっくりするような味の担々麺を食べることになるのだと思うよ。

投票用紙にも雄と雌があるってみんな
知ってた？

# マネーマン

広告業界などでは、大人数が集まる会議に必ずと言っていいほど紛れ込んでいるのがマネーマンだ。もちろん女性もいるから、マネーパーソンと呼ぶのが正しいのかも知れないけれども、僕の経験上、男性が圧倒的に多いのでここではマネーマンと呼んでおく。

「あの会社の社長に会ったことがあるんだけどさ、いやあ君のチームはすごいねえって言ってくれてね」なんて話をするとき、マネーマンはこの「いやあ君のチームはすごいねえ」の部分をその社長の口調で言う。

そこはふつうに言っても伝わるだろうと僕なんかは思うのだけれども、マネーマンはそうは思わない。

あの人がこう言った、こんなことを言われたという話は必ずその誰かの口調で話そうとする。そう。マネーマンはマネをする人なのだ。

真剣な話をしているときにこれをやられると少々鬱陶《うっとう》しい。

なにせマネーマンの話はモノマネが混ざるぶんだけ余計な情報が加るからわかりづらくなるし、しかも、たいていの場合、マネーマンはなぜか同じセリフを繰り返す。たぶん「あ、ちょっと似ていなかったな」と思うのだろう。似るまで何度もやるのだ。

でも、会議に出ているメンバーのほとんどは、その社長に会ったことがないから、似ているかどうかがわからない。わからない人のモノマネをわからないまま見ることになる。

もちろんマネーマンに悪気があるわけじゃない。言葉だけでは伝わらない雰囲気や人となりを伝えようと、サービスでやっているのだ。サービス精神が旺盛なのだ。いい人なのだ。

モノマネをするには相手をしっかり観察して本質を掴む必要があるから、そういう意味ではマネーマンはものごとのポイントを的確に見抜くことのできる人なのだろうし、知っている人のマネであれば、見ているこちらだって楽しめるから、気軽な会議にマネーマンがいるのは、悪くないし、むしろいて欲しいと思う。

とは言え、僕の知らないところでどこかのマネーマンが僕のマネをしていたらと考えると、かなり恥ずかしいので、それはやめてください。

# のほほんの人

これはまだコロナ感染症の拡大が始まる前、たくさんの人が一カ所に集まれたころのお話。

とあるトークイベントに出演したあと、会場のスタッフから「○○さんのときは、人が詰めかけて大変だったんですよ。でも、今日は人が少なくてとても楽でした」と言われたことがある。「本当にありがとうございました」と彼女はニコニコしている。

彼女の言うとおり、その日の会場はかなり空いていて、もともと大勢の前で話すのが苦手な僕としては、彼女の「とても楽でした」に全面的に賛成するのだけれども、もしも客の数を気にするタイプの人が聞いたら、ちょっぴり腹を立てるんじゃないだろうかと心配になった。「たぶんそれ、相手によっては言っちゃアカンやつやで」と教えてあげたくなる。

それでも彼女は屈託のない笑顔で「人数が少ないと空調もよく効きますし、いいことだらけですよね」なんてことを嬉しそうに言うものだから、僕としてはもう笑うよりほかない。

彼女は「のほほんの人」なのだ。

のほほんの人は、相手が誰であろうとも気にせず、無意識のうちにとんでもない毒舌を口にすることがあるので、そばにいる僕たちはギョっと慌てるのだけれども、のほほんの人にはまったく悪気がない。

だからといって、彼らが何も気にしていないわけではない。ただ、僕たちとは気にしているところ、大切にしているものがぜんぜん違っているだけなのだ。

いつも僕たちは周りの空気を読み、周囲から求められた自分を、自分の気持ちとは関係なく演じている。常に自分がどう見られるか、どう思われるかを気にしている。けれども、のほほんの人はそんなことを気にしない。

ともすれば空気を読まないだの、想像力がないだのと思われがちだけれども、そうじゃない。のほほんの人は、ただ自分の気持ちと世界をポジティブに信じているだけなのだ。

自分が嬉しいと感じたことは、周りの人も同じように嬉しく感じていると思っているからこそ「少なくてよかったです」と口にできるのだろう。

彼女のように、いつも自分の気持ちに正直でいられたら、きっと僕たちも、もっと大らかな笑顔でいられるにちがいない。

多くの人が集まれるようになって、また彼女に「お客さんが少なくてよかったです」と言われる日が早く戻って来るといいなあ。

首相には二種類ある。
真っ黒けの首相と、そこまで真っ黒じゃない首相と、単に黒いだけの首相。

# ロンリー・ボーイ

もともと自分の中にある好き嫌いのジグソーパズルに、そのピースが上手くはまるかどうかで、ものごとの好き嫌いが決まるように僕は感じていて、だから、好き嫌いはそれを見た瞬間に決まるどころか、実はそれを見る前から、それを知る前から、とっくに決まっていたんじゃないかとさえ思っている。

そこに深い理由はない。ただ好きか嫌いか。パズルにはまるかどうか。それだけのことなのだ。

ところが、みんなで自分たちが好きなものの話をして盛り上がっているときに、ときどき「どうしてそれが好きなのか？」と聞き始める人がいて、「なんとなく」としか言いようがないのに「なんとなく」では許してくれないからわりと面倒くさい。

そういう人は、どんなものごとにもちゃんと原因と結果があって、好き嫌いにも理由があって、人がその商品を手に取るのにはわけがあると考えている。そりゃもちろん、わけはあるだろうけれど、そこまで明確な理由があるとは僕には思えない。

そんな彼らを見分ける方法は簡単だ。

「それって、論理的に考えるとさあ」

はい、これです、このフレーズです。

これが登場すればもうまちがいなく彼はロンリー・ボーイである。

いや、もちろんロンリー・ガールの場合もあるんだけれども、僕の印象としては、これを口にするのは圧倒的にロンリー・ボーイである。

人の感情なんてコロコロ変わるし、ものごとの多くは偶然の結果なのにロンリー・ボーイは人の気持ちや行動を単純化して、すぐに一定のパターンや法則に当てはめようとする。

しかも自信たっぷりに「論理的に考えると」なんて言うわりには、ぜんぜん論理的じゃないってことも多いからなかなか手に負えないのだ。

とはいえ、たとえそれがちょっぴり奇妙な論理だとしても、自分がしっかり信じているものがあるのは、何かを考えるときの支えになるわけで、きっとそれがロンリー・ボーイたちの強さなのだろうなあ。

曖昧であやふやな感情に振り回されては、何も決断できずにあれこれ悩んでいる僕からみれば、その強さは少しばかり羨ましく感じるよ。

# 手ぶらの人

またね、とお別れをする時に僕たちは手を振る。あるいは待ち合わせをしている相手が現れた時に、ここだよと手を振る。基本的に、こうした手の振りかたは、お互いの距離が離れていればいるほど大きくなるものと相場が決まっている。少なくとも僕はそう考えている。

すぐ目の前にいる相手には軽く手を上げて「どうも」と会釈するだけで済ませることが多いけれど、遠く離れたところにいる人には腕全体を大きく振って、ときには「おーい」なんて声をかけることさえある。手を振る大きさと距離とは比例しているのだ。

ところがである。手の振りかたと相手との距離が、なんというか不自然な人たちがいる。

それが「手ぶらの人」である。

「手ぶらの人」は、両手を胸の前でバタバタぶらぶらと激しく左右に振るのが特徴だ。場合によっては「わー」「きゃー」なんて声も混ざる。

そういえば最近はビデオ会議などにも「手ぶらの人」が紛れ込んでいる。「それではそろそろ会議を終えましょう、皆さん退出しましょう、では、お疲れさまでした」のタイミングで彼らは画面に向かって両手をバタバタぶらぶらと揺らし始めるのだ。お前は鳥なのか。餌を食べ終えた鳥が羽ばたくのか。そのまま飛んでいくのか。コンドルか。

たしかにビデオ会議は物理的な距離は離れているから、距離と手の振り方の関係としては正しいのかも知れない。けれどもだからといって、その大きなアクションは要らないだろう。だってすぐ目の前にいるのに。画面が消えるまでずっとそこにいるのに。

とにかく「手ぶらの人」はやたらめったら近い距離で手を振るのだ。下手をすれば相手と六十センチほどしか離れていないのに、そんな近距離で互いに手を振り合うのである。もはや手を振り合うというよりも、そのままお互いの手を握り合ってプロレスの組手でも始めそうな勢いで、両手を胸の前でバタバタぶらぶらと激しく左右に揺らし続ける。

偶然、同じ列車の車両に乗り合わせた二人がドアの前で向かい合わせに立って手を振り合うのだ。喫茶店やファミリーレストランで、一つのボックス席に座ったグループが、互いに手を振り合うのだ。

いったいなぜそこまでして手を振るのか、そもそもその距離で手を振る必要があるのか。まったく謎である。と、ここまで書いてから、ふと気づいたことがある。僕は「手ぶらの人」ではないけれども、その代わりにときどき握手をしたりハグをしたりしているじゃないか。もしかすると、彼らの「バタバタぶらぶら」は、それと同じことなのだろうか。

だとすれば、不用意に他人と接触する僕より、ギリギリのところで接触を避ける「手ぶらの人」が、今の時代には正しい仕草なのかも知れない。

中性脂肪にも雄と雌があってね。

# エレガントの人

数年前にネパールで見かけた少女のことを、ふと思い出すことがある。人混みでごった返す道を颯爽と歩きながら、彼女はホームレスの前に置かれた缶に小銭を入れ、階段を下りるおばあさんの荷物を持ち、道に落ちているゴミをゴミ箱へ投げ込み、そうして、やって来た小さなバスにひょいと飛び乗って、僕の目の前から消え去っていった。

まるですべて最初からそうすることが決まっていたかのように、あまりにも自然なその動きに僕は圧倒された。

古ぼけたパーカーを着て歩くその姿は、おしゃれとはほど遠いものなのに、それでも彼女はまちがいなく「エレガントの人」だと僕は感じた。

「エレガント」をどう捉えるかは人それぞれだけど、僕は見た目ではなく、心のあり方だと考えている。

他人の目を気にすることなく、優しく丁寧に、そしてどこかにユーモアを保ちながら、自分がやるべきだと思ったことをやる。それが「エレガントの人」だと思うのだ。

とはいえ、いつも何かに追い立てられ、周囲の目を気にしながら日々を過ごす僕たちは、なかなか「エレガントの人」になることができない。

でも、そんな僕たちにだって「エレガントの人」になる方法はある。きっとGINZAの読者なら、そのやり方を知っているはずだ。

そう、見た目から入るのだ。

エレガントは、心のあり方だけど、その心に余裕がないのなら、逆に見た目から「エレガントの人」になればいいのだ。

僕たちは案外自分の服装に影響を受けている。カッコいいスーツに身を包めば背筋が伸びるし、すてきな手袋をはめれば、何かを手に取るときの仕草がちょっぴり優雅になる。誰もがそんな経験をしていると思う。

だから、まずは型から入って「エレガントの人」を徹底的に演じてみるといい。周りがつい噴き出すほど、大いに気取ってみせればいいのだ。

たとえ普段はゆるゆるのジャージを着ていても、演じているうちに少しは「エレガントの人」に近づけるかも知れない。

いつもジャージばかり着ている僕も、たまにはビシッと決めて気取ってみせようかな。

もちろん無理はせず、僕なりにできる範囲のエレガントさでね。

# 飛ばす人

僕のように、たいていのことが苦手な者もいるし、何でもそつなくこなす人もいるから「誰もが」とは言えないけれども、基本的に人には得意なことと不得意なことがある。

僕がまだ音楽業界で働いていたころに、ときおり世話になっていたある制作会社の社長は、とにかくスケジュール管理がきちんとしていて、かなり日程の厳しい案件でもなんとか予定内に収めてしまうので有名だった。

もともと某超人気バンドのマネージャーをやっていた人で、丸々と太った巨体に笑顔を浮かべながら

「ライブにテレビにラジオ。それに雑誌のインタビューやCMの撮影。なんとか隙間をつくってこなしていたからね。だから、複雑なスケジュールのつじつまを合わせるのは得意なんだよ」と、よく口にしていた。

無茶な働き方を強いることもないから、クライアントだけでなく、スタッフやアーティストからも信頼されている敏腕プロデューサーなのだ。

ところがである。こんなにちゃんとしている人なのに、社長には妙な癖があった。手に持っている飲み物をなぜか細かく振るのである。もちろんコーヒーやら水なら構わないのだけれども、もしも炭酸飲料の容器を細かく振ったらどうなるかは、蓋を開けなくてもわかる。僕にだってわかる。だが、社長はあっさり蓋を開けるのだ。いや、どうして覚えないんだよ。打ち合わせやらリハーサルの待ち時間に、どこからともなくブシャーッと泡の噴き出す音が聞こえるたびに、みんなは「ああ、社長がまた飲み物を飛ばしたな」と知ることになる。

スケジュールは飛ばさないのに飲み物は飛ばす。しかもかなり勢いよく飛ばす。飛ばさない人かと思いきや、どうやら飛ばす人のようなのである。飛ばしてから「あああ」なんて言いながら、巨体を丸めて机を布巾で拭こうとするのだけれど、太っているから床まで体を曲げることができず、結局スタッフに叱られているのだ。しかも叱られてニコニコしているのだ。

その社長と一緒に新幹線に乗ったことがある。

乗車してすぐに社長は、前の席の背にあるトレイを開こうと手前に引いたのだけれども、なんとトレイが腹の肉に乗ってしまって最後まで降り切らない。トレイは飛び出した腹の肉の上で、斜めになって止まっている。

「平気、平気だよ。ほら」社長が肉の間に挟み込むようにしてトレイを強引に降ろすと、トレイの端が肉の間に埋もれて安定した。社長はその上に弁当を二つ置いたあと、お茶のペットボトルを細かく振ってから窓際に置き、弁当の包みを二つとも開いた。そして、くしゃみをした。

パコンッ。腹の肉に押し出されたトレイが激しく跳ね上がり、二つの弁当は中身を撒き散らしながら、車両の前方へ向かって飛んでいった。

やっぱり飛ばす人だなと、僕はそこで確信したのだった。

人間には二種類のタイプがいる。カレーが好きな人と、カレーがもっと好きな人、あと、それほどでもない人。

# 観察者

こういう連載をしていると「鴨さんっていちいち人のことを細かく観察しているんですか」「もしも、おもしろい人を見かけたらメモに書いておくんですか」などと聞かれることがある。

じつはそれほど細かく観察しているわけではなくて、ほんの一瞬、何かのヒントになりそうな動作を見つければ、あとはほとんど空想に任せている。もちろんメモはとる。とるけれども、こんなにおもしろい人がいた、あの人がこんなことを言っていたとメモするのではなく、そのときに自分の感じたことや考えたことをメモしているから、あとになって「彼は、その明るさで世界を照らそうとしているのだろう」なんてメモを見返して「えーっと、これはいったい誰が何をしていたときの話なんだっけ?」と首を傾げることになる。

そうやって首を傾げたところから頼りない記憶を探りつつ、その状況や場面を思い出して書くのが僕のやり方で、だから完全に自分の体験だけを元にして書いているわけではなく、たぶん記憶と創作の曖昧な境目を歩いているのだろう。けれども、それこそが経験と呼ばれるものの正体なのだと僕は思っているから、それはそれで構わない。

僕たちは何かを見ているようで、聞いているようで、じつはたいして何も見聞きしていない。今、試しにいつも自分が使っているスマートフォンの絵を描いてみるといい。パーツの切れ目となる線はどこに入っていたか、カメラの小さな穴はどこにどのように並んでいるか、きっと正確には描けないだろう。毎日飽きるほど見ているはずのものでさえ、僕たちはまるで見ていないことに驚かされる。

僕たちはいつだって何かを知ったつもりになって何も知らないままだ。体験はすべて自分の頭の中で創りだしたものでしかなく、そういう意味では生まれてから死ぬまで、僕は自分の頭の中にずっと住み続けるだけだから、この世界に自分と考え方や感じ方の違う人たちがたくさんいることを、理解はできても実感するのは難しい。

だからこそ僕は「観察者」でいたいと思う。誰だって行動にはそれぞれの理由がある。ときには僕にとって不愉快な行動を見せる人だっている。でも、その人にとってはそれが当たり前の行動なのだ。だから、どうしてそうするのか、なぜそう行動するのかを考えたい。

自分とは異なる感じ方や考え方をする人たちの、僕には理解不能な行動を取る人たちの、その理由を想像したい。

けっして知ることのできない他者の感覚を体験するために、僕たちには想像する力があるのだから。

そしてその想像をするために、いつも他者に向けて優しく丁寧な眼差しを向けることのできる「観察者」でいたいと僕は願っているのだ。

本書はマガジンハウス社『GINZA』での連載原稿を加筆・修正してまとめたものにいくつかの掌編を加えたものです。

浅生鴨（あそう・かも）
作家・企画者
1971年、神戸市生まれ。たいていのことは苦手。
さまざまな業界・職種を転々としたのち、
現在は主に執筆活動に注力している。
著書に『伴走者』『猫たちの色メガネ』『どこでもない場所』
『だから僕は、ググらない』などがある。
座右の銘は「棚からぼた餅」。

# ネコノスの本

浅生 鴨著

## 雑文御免

これまで雑誌、ネットメディア、SNSなどの各所へ書いてきたエッセイ、ダジャレ、インチキ格言、短編小説、回文、エッセイ集『どこでもない場所』に収録できなかった掌編などを一処へ集めた著者初の無選別雑文集。

ISBN 978-4-9910614-0-0 C0195
A6文庫判 三八四P 定価 九〇〇円＋税

浅生 鴨著

## うっかり失敬

「文学フリマ」用に、これまで各所で書いてきたさまざまな小文を集めてまとめた雑文集。あまりの量に、第一弾の『雑文御免』だけでは全く収まりきらず、しかたなくの第二弾。エッセイ集『どこでもない場所』に収録できなかった掌編も掲載。

ISBN 978-4-9910614-1-7 C0195
A6文庫判 三八四P 定価 九〇〇円＋税

燃え殻著

## 相談の森

文春オンラインの人気連載「燃え殻さんに聞いてみた。」を待望の書籍化。生きている限り、人はいつだって悩んでいる。そんな悩みの一つ一つに、自身も迷いながら答える燃え殻の「人生をなんとか乗りこなす方法」を大公開。なぜかホッとする回答の数々。六十一篇のQ＆Aを収録。

ISBN 978-4-9910614-5-5 C0095
B6変型判 二二四P 定価 一五〇〇円＋税

# ネコノスの本

浅生鴨／小野美由紀
川越宗一／古賀史健
ゴトウマサフミ／スイスイ
高橋久美子／田中泰延
永田泰大／幡野広志
燃え殻／山本隆博

## 異人と同人

さまざまな分野で活動する「書き手」が一同に集まったアンソロジー集。『熱源』で第一六二回直木賞を受賞した川越宗一の短編『スヌード』、『伴走者』で第三五回織田作之助賞候補となった浅生鴨の短編『ホイッスル』なども収録した多彩な一冊。

ISBN 978-4-9910614-2-4 C0093
B6判 一五六P 定価二〇〇〇円+税

市原 真
サンキュータツオ 著
牧野 曜

## まちカドかがく

ポッドキャストの人気サイエンス・トーク番組『いんよう!』から生まれた伝説の同人誌を文庫化。牧野曜、市原真による小説やサンキュータツオによる「お笑い文体研究」など専門的な話題を興味のない人へ届ける『いんよう!』ならではの、ユニークな世界がぎっしり詰まった必読の一冊。

ISBN 978-4-9910614-6-2 C0195
A6文庫判 五四四P 定価一七〇〇円+税

# あざらしのひと

著者

浅生鴨《あそうかも》

neconos


Printed in Tokyo, JAPAN

二〇二一年十二月三日　初版一刷発行

発行人　大津山承子
発行所　ネコノス合同会社
郵便番号一五四—〇〇一一
東京都世田谷区上馬三—一四—一一
電話　〇三—六八〇四—六〇〇一
FAX　〇三—六八〇〇—二一五〇

印刷　シナノ印刷株式会社
製本　株式会社宮田製本所
制作進行　小笠原宏憲
編集協力　松岡真子
斉藤里香
茂木直子
装画　浅生　鴨

定価は裏表紙に表示しています。

落丁・乱丁本は小社までお送りください。
送料当社負担にてお取替えいたします。

ISBN 978-4-9910614-9-3 C0195